U0072528

手提箱爭奪戰

松鼠偵探 ①

阿格涅希卡・斯德爾瑪什克 (Agnieszka Stelmaszyk)——著

胡伯特・格拉伊查克 (Hubert Grajczak)——繪

鄭凱庭——譯

曾經，我也有個 小小偵探社

　　在還沒有開始看這本書的文字之前，我就因為喜歡上松鼠、刺蝟和野豬這三個主角的圖而答應寫推薦序（雖然我覺得刺蝟小克的「針」太長，比較像豪豬）。雖說如此，故事的內容也沒有讓我失望，很快地一口氣就看完了（否則我即使喜歡主角造型也是會退推薦的啦）。

　　每次我看到以動物為主角的故事的時候，我首先就會看看作者是怎麼塑造角色形象？是不是有刻板印象？像是某些動物狡猾、某些不愛乾淨、某些愚蠢……，而那些都是由於從前從前有些寫寓言故事或是詩詞的人，

在沒有了解那種動物，甚至沒有看過，只是純粹想像的
狀態下隨手寫寫，誤導後人，以致讓大家的印象偏頗到
對那種動物喊打的程度。還好，松鼠的形象一般來說沒
有太差，通常是以機靈、活躍、機警為主。我猜這也是
作者會挑松鼠當成偵探的原因。

松鼠阿德喜歡讀推理小說，他第一本「聽」的作品是克奶奶阿嘉莎·克莉絲蒂的小說，而朗讀給他聽，教他閱讀與發音，再進步到聽說讀寫全都沒問題的，是退休老師亞佳女士。由於阿德在圖書館中借閱書籍後，讀了許多推理小說，又特別喜歡福爾摩斯的故事，所以他「就跟我國中時一樣」決定開偵探事務所，亞佳女士在這件事上也幫了松鼠阿德不少忙。

松鼠的偵探事務所就跟我的一樣有三位成員。他有野豬凡凡和刺蝟小克，我有兩個同班同學。在接案方面也是一樣，只有偶爾幾個小案子。他的是幫忙找消失的

堅果或丟失的藍色羽毛，我的是找遺失的錢，或是找到同學在補習的時候喜歡上的男生住在哪裡，完全沒有能夠滿足野心的大案子。雖然我就這樣的畢業上了高中，因而停業，阿德卻有了爭奪遺產、峰迴路轉的，真正的案子！

　　委託人說他的叔叔把房子給他表弟，留給他一個手提箱，可是當阿德去拜訪那位表弟時，不但被輕視，那位表弟還說遺囑是假的，根本沒有手提箱這回事（假如「表弟」是叔叔的兒子，應該是「堂弟」）。阿德回家後，卻又發現整件事都很奇怪，繼續追查下去……。

　　故事很精采，請大家一定要自己找書來看喔。偵探與推理的故事，怎麼能光聽我說呢？

台灣推理作家協會理事

目錄

推薦序
曾經，我也有個小小偵探社   2

第1章　認識阿德   17

第2章　月臺上的騷亂   26

第3章　阿德接到奇怪的案件   34

第4章　阿德發現謎樣文件   42

第5章　出現了神祕的地圖   50

第6章　偵探們在夜色的掩護下行動   59

第7章　謎團陷入膠著   68

第8章　調查變得複雜   79

第9章　發現驚人的真相   94

第10章　警官帶來新消息　　　　　　　　103

第11章　有人在說謊　　　　　　　　　　113

第12章　女委託人含糊的陳述　　　　　　128

第13章　謎案的細節開始拼湊起來　　　　136

第14章　阿德慶祝第一次圓滿結案　　　　144

歡迎來到月亮公園！

　　你們要是大清早來到公園，仔細觀察四周，可能會看到一隻紅棕色的松鼠，騎著滑板車呼嘯而過。這個畫面在這裡可不奇怪，這是名偵探松鼠阿德，他正趕著去工作。

　　要是你們有事情或重要任務需要委託他，

就去公園街六號的事務所。老松樹旁有個路標，很容易就能找到。

　　跟著箭頭首先向右走，然後沿著小路直直走到松鼠角，就會看到茂密的樹籬後面有一棟紅屋頂的小屋。木造門廊上掛著一塊牌子「私家偵探阿德」。

　　要是擔心迷路、找不到事務所，下面的地圖可以幫上忙。

既然你們已經知道怎麼去松鼠阿德的事務所，也該是時候認識一下故事的主角了。

領銜主演

松鼠 阿德

他是個孜孜不倦的祕密追蹤者、冒險家，也是未解之謎的剋星。他健壯、靈活，是與生俱來的雜耍員，還是滑板車大師。他喜歡解難題，有出色的計算能力，而且記憶力絕佳。他記得所有藏美食的地方！

他喜歡讀從公園圖書館借來的偵探小說，正是這些書讓他開始了偵探生涯。

白天時，他昏昏欲睡又心不在焉，沉浸在自己的世界裡做夢，但是一到晚上，其他人在睡覺時，他跟蹤、調查、潛入、破解騙局與強盜案的能力可是無人可及。他在閒暇時寫恐怖小說《黑暗森林的祕密》。其他的刺蝟都嘲笑他對文學的熱情，但是他一點也不在意。

刺蝟
小克

野豬
凡凡

　　工作時，他通常會喬裝，因為人們看到他的時候都很驚慌。他生性樂觀，喜歡橡實和令人愉悅的驚喜。好心情總是離不開他。他聰明又勇敢，必要時會為弱小挺身而出，是個體貼的大個子。他夢想成為演員，經常參加試鏡，但是目前還沒有成功……

　　現在你們知道的已經夠多，可以和阿德一起開始刺激的冒險了。

　　那麼，請舒服的坐好，有一大堆祕密和謎團等著你們解開。

　　三……二……一……

開始！

第1章
認識阿德

　　一切始於夏天的某個早晨，亞佳女士準備去公園散步。她熟悉公園的每棵樹與每叢灌木，也喜歡觀察烏鶇、松鴉和松鼠。她不用走太遠，因為她的家幾乎就在公園小路旁。

　　這個季節，她每天都捧著書坐在長椅上，躲在一棵茂密松樹的陰影下。那時大約是九點鐘，公園裡仍涼爽宜人，空氣中都是歡欣鼓舞的鳥叫聲。

　　亞佳女士沉浸在閱讀中，突然聽見一個輕柔的聲音問道：

「泥在督什麼？」

她驚訝的把目光從書上提起，看到一隻有著琥珀色眼睛的小松鼠，正坐在長椅的扶手上盯著她看。她對松鼠笑了笑，但是眼神卻在尋找問她問題的人。她記得不久前附近有一群幼稚園的孩子在草地上玩。

亞佳女士環顧四周，但是沒有看到任何孩子，也沒看見照顧他們的人。孩子們大概已經回去上課了，但或許有個小傢伙留了下來並躲在灌木叢後面？

「可憐的孩子！」亞佳女士邊想邊嘆氣，「小寶貝，你在哪呀？」她呼喚，接著從長椅上起身，看向附近的灌木。

「泥在幹麼呀？」她又聽見那個聲音。

「我在找你呀，孩子。」亞佳女士回應，這次她的目光轉向松樹的樹幹。

「我在這！」她聽見笑聲。

「哪裡？」女人轉了一圈，但是仍沒看見那個不聽話的孩子，他顯然在跟她玩捉迷藏。她只看到一隻緊盯著她看的松鼠。

「我沒看到你呀！」亞佳女士說，「你在哪裡？」

「泥正看著我！」她聽到回應時非常驚訝。

她這才知道對她說話的，一直都是這隻有著琥珀色眼睛的小松鼠。

「怎麼可能⋯⋯」驚訝的亞佳女士低聲說道。

松鼠只聳了聳肩。

「泥在督什麼？」他再次問道，用手指了指長椅上的書。

女人小心翼翼的走到動物旁邊坐下，有些猶豫的回答：

「這是阿嘉莎・克莉絲蒂的偵探小說。」

「泥可以督給我聽嗎？」松鼠問。

「是『妳讀』，三聲『妳』和二聲『讀』。」亞佳女士下意識的糾正，因為她是一位退休老師。

「哦！妳督給我聽？」松鼠試著好好發音，但不太成功。

亞佳女士還沒冷靜下來，兩顆圓滾滾的眼睛吃驚的盯著小松鼠。

　　「我是阿德。」他自我介紹，並伸出手打
招呼。

　　「很高興認識你。」已經回神的亞佳女士
回答。

　　「那麼，妳……讀……給我聽嗎？」這次
阿德堅持，試著把所有字的音給發正確。

「你真的想聽嗎？」亞佳女士很訝異。

松鼠點頭表示肯定。

「但是這是犯罪小說……我不確定是否合你的胃口。」亞佳女士很猶豫，「或許你年紀還太小。」

「才不會，我很喜歡犯罪小說！」阿德果斷的回答。

「那好吧！」亞佳女士同意。

她選了一篇不長的故事來讀，松鼠興致勃勃的聽著。

最後，女人因為大聲閱讀，聲音近乎嘶啞時，她把書闔上並說：

「今天先這樣吧！」

阿德發出失望的嘖嘖聲，因為她在最精采

的部分打住。

「妳可以教我督嗎？」

「是『讀』。」亞佳女士糾正。

「啊哈！」阿德默默動著嘴脣，心裡重複著這個字，這對他來說還是有點難。

「好吧！」亞佳女士答應，「我教你，但是用的會是初級教材，那比較適合你。明天同一時間過來這裡。」她提出要求，接著就向阿德道別，回家去了。

從那時起，亞佳女士每天都和阿德見面，教他閱讀，因為他相當聰慧，進步得很快。老師送給他一隻適合松鼠爪子抓握的筆，因此他很快就掌握了書寫。

才過沒有多久，阿德已經能自己讀亞佳

女士帶給他的書，後來也開始去公園的「雲朵
之下圖書館」。他讀起各種犯罪小說，尤其喜
歡夏洛克·福爾摩斯的作品。這些故事讓他深
深著迷，使他決定成為一位名偵探，雖然他的

媽媽試圖勸阻，但他為實現自己的目標堅持不懈，偵探事務所也在亞佳女士的幫助下開張。

不久之後他便接到第一件案子，後來也調查了幾樁小案件。不過，年輕的松鼠一直在等待困難的謎案。幫松鼠艾爾薇拉找消失的堅果，或幫松鴉克勞蒂娜找丟失的藍色羽毛，這些都是非常有趣的案件，但是無法滿足阿德的野心。

他慢慢開始失去希望，覺得他的偵探生涯不會有進展，直到某天，一位不尋常的客戶出現在他的偵探事務所……

第2章
月臺上的騷亂

　　知更鳥愛德華唱起歌時，天空飄著粉色的雲，月亮公園仍在晨霧中。後來，其他鳥兒也加入歌唱，害羞的陽光便穿過樹冠，輕撓著阿德的鼻子。

　　松鼠打了個大大的哈欠，不久後，他在高大的松樹上，從舒服的小窩裡向外張望。在附近的雪果叢下，他看到兔子尤瑟克正在咀嚼新鮮的綠草。

　　這時候公園裡還沒有人，非常愜意，只有冠山雀和藍山雀的鳴唱打斷寧靜。

阿德先去上廁所。他用手清理嘴巴、梳毛，接著開始做運動，他做了幾個深蹲，然後靈活的在樹枝間跳來跳去，接著在樹幹上伸展，頭下腳上的掛在樹上，最後下到地面。

「**啊！**」他深吸一口氣，享受著溫暖的夏日早晨。「真是美好的一天！」他發出讚嘆，心情異常美好。

他看看四周，嘗了草葉上閃著光芒的新鮮露水，用粉紅色的舌頭舔了舔鼻口。第一個渴望滿足後，他甩掉黏在耳朵上的蜘蛛。

阿德友善的向尤瑟克點頭，他警覺的豎起耳朵享用早餐。阿德感覺自己的肚子開始咕嚕叫，所以跑到老樹洞的儲藏室，拿出堅果，嘎吱嘎吱的大快朵頤，最後滿足的走去事務所。

多虧亞佳女士，他才
有辦公的地方。目前她出
城拜訪女兒，幾個星期後才

會回來，所以把自己的紅屋頂小房子託給阿德照顧。最重要的是，她讓阿德在那裡設立偵探事務所。

偵探需要的一切，阿德現在全都有了。他甚至可以住在那，但他想把工作和私人生活分開，所以晚上他會待在樹上的小窩裡。

這天，他迫不及待的等著案件，他有預感，終於要有令人興奮的事情了——一些將會使他的工作生涯如天上的星星閃耀的事情。

時間一分一秒過去，仍沒有人上門。雖然阿德做了廣告，把傳單掛在周圍的籬笆和路燈上，上面登載了事務所的地址與電話號碼。

　　最後，松鼠開始覺得無聊，坐在依著窗戶的桌子邊。那個位子的視野很好，可以看見整個公園。他拿起盤子裡的堅果，焦躁的啃了起來。最後終於打開美味的果仁，津津有味的吃下肚。他甩掉鬍鬚上的碎屑，拉平白色的制服，再次不耐煩的瞄向窗外。

　　然而，還是沒有人登門。

　　他走出事務所，想著是否該向啄木鳥路西安訂一塊更大的招牌，讓客戶更容易找到；就在這個時候，松鴉們在公園內發出警報，這對阿德來說是個警訊——不尋常的事發生了。

　　他看到雲杉草原上的寒鴉與烏鴉正大聲嚷嚷著。

　　「那裡發生了什麼事嗎？」阿德心想，決

定前去查看。

　　他跑到草原上，看到附近的月臺站著一個男人，身穿淺色的褲子和米色外套，正四處張望，好像在找東西。松鴉覺得這人相當可疑，因此才會叫得這麼大聲。

　　男人注意到阿德時，先是仔細打量他一番，然後瞥了一眼手中的紙條。他再看了一眼松鼠，又看著紙條。

　　「你應該就是我要找的人！」他最後以帶著期盼的聲音說，「我第一次來這個地方。我剛搭火車到這，還以為下錯站了，希望我來對了地方。你就是偵探嗎？」

　　阿德的心臟高興得蹦蹦跳。

　　「對，就是我──松鼠阿德！」他禮貌的

說，伸出手向陌生人打招呼。

男人有所保留的盯著長長的爪子，小心的握手。不過他並沒有因為松鼠對他說話感到驚訝，甚至還開啟了友善的對話。

「很開心你找到了我。」這位新客戶鬆了一口氣。

「是什麼事讓你來這裡呢？」阿德開口。

「是一件……需要偵探幫忙的事。我們可以在隱密一點的地方談談嗎？」男人點點頭示意阿德，那些松鴉和寒鴉正懷疑的注視著他。

「請到我的事務所來。」阿德高興的對他的新客戶說，並且帶著他到有著紅色屋頂的小屋。

33

第3章
阿德接到奇怪的案件

客戶進到事務所，環顧了四周後，他滿意的說：「這裡真不錯。」

「謝謝！」受到讚美的阿德喜孜孜的回應。

「容我先自我介紹，我是安傑伊·帕弗立克。」男人介紹完後，便坐上辦公桌對面的扶手椅。

他清了清喉嚨，接著進入正題。

「我有遺產方面的糾紛。」他以擔憂的語氣說，「我的表弟謝維林·亞斯庫爾斯基私占

了屬於我的東西。」

「了解，那是什麼東西呢？」阿德好奇的問。

「手提箱。」

「遺產是個手提箱？」偵探驚訝的問道。

「是的。」帕弗立克確認，「叔叔提奧非爾把它留給了我。雖然是屬於我的，但表弟不想給我。我和他談過好幾次，但是他都裝作叔叔什麼也沒留給我。」

「噢，這樣啊！」阿德喃喃自語，他認為案件有點複雜。

「請你幫我找回我的遺產！」帕弗立克拜託他。

「你是說手提箱？」松鼠再三確認。

「沒錯。」

阿德思索了一下，接著問：

「有沒有可能你表弟說的是實話？」

「不可能！」帕弗立克嚴正否認，「叔叔在遺囑中把手提箱留給我。你得找出亞斯庫爾斯基侵占的證據。他都得到了一棟有花園的房子，卻不願意給我一個普通的手提箱。請你查出他把手提箱藏在哪。」

「但要怎麼做？」阿德感到困惑。

「你是偵探，肯定有你的辦法。」帕弗立克信任的接著說：「我把遺囑的影印本和表弟的住址留給你。」說完後也把自己的電話號碼留給偵探。

他離開後，阿德若有所思的在事務所裡走

來走去。他讀了遺囑的內容，確認委託人說的是實話。文件上顯示，帕弗立克的表弟得到帶花園的房子作為遺產，而帕弗立克本人只得到一個手提箱。

亞斯庫爾斯基得到的遺產顯然比較豐厚（城裡一棟有花園的房子很貴），卻不想給表哥手提箱這種普通的東西，阿德認為這有一點奇怪。

「真是什麼樣的人都有。」他咕噥道，因為住在城裡的公園，他什麼情況都見過。

他把謝維林‧亞斯庫爾斯基的地址記在筆記本上，放進肩上的麻布包裡。

謝雅林.亞斯庫爾斯巷
孔雀街7號

不久之後，他滑著亞佳女士送他的小滑板車迅速穿過公園，經過松鼠角、歪斜樹，然後直直騎上腳踏車小道。大約二十分鐘後，他抵達孔雀街。他找到標著數字七的房子，仔細打量一番。

亞斯庫爾斯基的房子漆著顯眼的橘色，前窗望著高大的磚牆，磚牆後面是一座墓園。房子旁邊有一片大花園，不過相當荒蕪。阿德在腦中記下所有細節，接著他決定拜訪這棟房子的主人。

　　他走向大門，跳
起來按下對講機。

　　「哪位？」等了許
久後，話筒傳來有點沙
啞的聲音。

　　「松鼠偵探。我有些問題……」

　　「哦！肯定是我表哥叫你來的！」亞斯庫
爾斯基不讓阿德把話說完。

　　「我只需要你五分鐘！」

　　「好吧！最好快點，我可沒時間閒聊！」
阿德得到回應。

　　片刻以後，一個看起來不太友善的男人走
了出來。

第4章
阿德發現謎樣文件

謝維林‧亞斯庫爾斯基是個體型一般的男人，有著深色頭髮和銳利的眼神。他懷疑的看著阿德許久，最後才以不悅的語氣問：

「什麼事？」

「我的委託人安傑伊‧帕弗立克。」松鼠開始說，「也就是你的表哥。」他補充道，接著解釋自己的來意：「他認為你拿了提奧非爾叔叔的遺物——手提箱。這是事實嗎？」

男人只是聳聳肩，嘀咕著回應：

「我什麼都不知道。」

「我有遺囑的副本，遺囑裡面寫得清清楚楚。」阿德透露。

「胡說！」亞斯庫爾斯基生氣的說，「那是假的遺囑，真的文件裡沒有寫到什麼手提箱！我的表哥給了你假資訊。他已經玩這個把戲好幾次，甚至還叫警察來，但他們最後認為我是對的。後來沒有人願意處理這件事，因為大家都知道我的表哥有點瘋。」亞斯庫爾斯基以手指了指額頭，「也沒什麼好大驚小怪的，他找不到哪個願意處理的傻瓜，就只能找上……你！」他以輕蔑的眼光打量著松鼠。

阿德對這個不友善的評論感到受傷，但他沒有表現出來。對於那些與委託人相關的言論，他感覺有點疑惑。然而，他用冷靜的聲音問：

「你確定沒有任何手提箱，你的表哥也不是手提箱的繼承人？」

「確實沒有！」亞斯庫爾斯基高姿態的回答，「帕弗立克沒辦法接受自己沒得到這棟房子，所以想讓我的生活雞犬不寧，不斷送警察和偵探過來。我以為他終於放棄了，沒想到現在你出現了。希望這是我們最後一次見面！我沒有什麼好說的了。我很忙，慢走不送！」男人冷冷的結束對話。

「我知道了。」阿德有點失望的回答。

這種情況可以說是毫無希望，阿德有點後悔接下了這個案子。然而，他突然覺得不應該這麼輕易放棄。

他回到月亮公園，坐在辦公室裡想新的計

畫。他意識到無法自己偵辦這麼複雜的案件，因此在筆記寫下：

僱用助手！

但是，目前他沒有時間去做，他還得查清楚一些事。

當天色暗下來，城裡的街道空空蕩蕩，阿德騎上滑板車，像風一般穿過街道，再次停在孔雀街七號的房子前。他把車藏在花園旁的灌木叢裡，接著靈活的跳上籬笆，再從另一側跳下。

他爬上櫻桃樹，坐在樹枝上，那裡可以清楚的看到亮著光的窗戶。窗前沒有蕾絲窗簾，也沒有百葉窗，因此可以看進室內。

　　這時，他看見亞斯庫爾斯基在查看舊木櫃
的抽屜。裡面什麼東西都有，亂七八糟的。

　　「真奇怪。」阿德自言自語。

　　他觀察了幾分鐘這不尋常的行為，直到男

人貌似找到了想要的東西為止，因為他從抽屜底端拉出一張紙，然後走向落地燈。

就在他的臉上露出燦笑的同時，電話聲在房子某處響起。亞斯庫爾斯基把紙放在抽屜上，小步跑出房間。

阿德就是在等這一刻！

房間在一樓，而窗戶半掩著，因此他可以跳進窗臺。

松鼠選了根合適的樹枝，然後……**跳**！

他跳了出去，但是距離算的不夠精準，差點摔倒。最後一刻，他用爪子抓住窗臺的邊緣，用強壯的手把自己給拉上去，幾秒鐘後就溜進了房間。

他跳躍幾下來到椅子上，接著跳上書桌，

　　再從那裡毫不費力的上到櫃子。這時，亞斯庫爾斯基還在隔壁的房間講電話。

　　阿德只聽見對話的片段。

　　「對，我找到了！嗯！我們快成功了！那個蠢偵探上當了！嘿嘿嘿……」聽到這些侮辱人的話語，阿德覺得很生氣。

　　「你等一下，有聲音！」亞斯庫爾斯基對房間傳出奇怪的聲音感到不安，「我去看一下，等一下再聊。」

幾個遠距離跳躍後，阿德抵達窗臺，用嘴巴夾住偷來的文件，做了幾個令人歎為觀止的跳躍，順利跳上了樹枝。

這次他的距離抓得比較好，安全且準確的落在櫻桃樹上。

不久後他蓬鬆的尾巴閃過籬笆頂端，接著便消失無蹤。

亞斯庫爾斯基走進房間，立刻發現重要的文件不翼而飛。

他看向窗外，但是花園裡一片黑暗。深藍色的雲蓋著月亮，而墓園裡某處傳來貓頭鷹不祥的聲音：「**呼！呼！**」。

男人頓覺背後有股涼意，而打了個冷顫。他表情沮喪的關上窗子，走向電話。

第5章
出現了神祕的地圖

　　氣喘吁吁的阿德抵達事務所，打開燈後，這才好好的看了看從亞斯庫爾斯基那偷來的文件。第一眼看上去不太起眼，像小孩的畫作。但是有個東西立刻引起他的注意——潦草的標題寫著：

藏寶圖！

　　下面畫的是花園，在錯綜的小徑、花和灌木叢中有一個黑色的十字架，下方有個小小的神祕符號。

阿德拿起放大鏡。

　　「手提箱！」發現圖樣代表的意義時，他叫了出來。

　　不過，這是什麼意思？手提箱？和藏寶圖？

　　地圖上的花園讓他想起橘色房子旁邊的花園。

「難道那裡藏著寶藏？會不會就在手提箱裡？」阿德心想。

他得和委託人聊一聊，但是已經大半夜了，不適合打電話給他。偵探決定等到隔天早上。就在睡覺前，他突然有個想法：既然有了地圖，他可以自己挖花園，在亞斯庫爾斯基之前找到手提箱。但是獨自一人要怎麼做？花園很大，而且雜草叢生，再說，地圖畫得也不太精準。

「我知道要找誰幫忙了！」阿德會心一笑，接著把地圖捲起來，好好藏進亞佳女士畫像後面的保險箱。「現在我要小睡一兩個小時。」他打了個大哈欠，「今天做了好多事呢！」他疲倦的嘆了口氣，鎖上事務所，把鑰匙收進肩背包，匆匆走向位在松樹冠上的小窩。

❀ ❀ ❀

　早上，阿德一吃完早餐就前往森林。他經過白樺樹林，在樹木之間跳來跳去，遊走於樹枝上，最後抵達橡樹林地。

　他遠遠就聽見快樂的「吼、吼」聲。

　「凡凡？來！快來！」阿德呼喚。不久後就聽見窸窸窣窣的聲音。為了以防萬一，松鼠跳到樹上，在最低的樹枝上搜尋他的朋友。

　野豬跑進草地。他四處觀望，直到阿德揮起小手叫他，向他打招呼：

　「嗨！最近好嗎？」

　「噢，還行！」松鼠謹慎的左顧右盼，接著快速跑下冷杉樹幹，坐在他的大朋友旁。

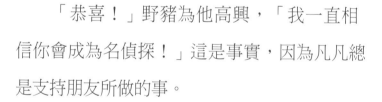

雖然野豬凡凡外表看起來凶猛，但他非常親切，而且喜歡社交。

「你知道吧？不久前我開了一間偵探社。」阿德提醒他，「我拿到了一件非常重要的案子。」他驕傲的說。

「恭喜！」野豬為他高興，「我一直相信你會成為名偵探！」這是事實，因為凡凡總是支持朋友所做的事。

「這是第一件難以偵破的謎案。」阿德繼續說。

「進展如何呀？」野豬問。

「我原本以為是小事一椿，但是一切變得

複雜。」松鼠重重的嘆了一口氣，「所以，我需要幫手。」

「你有什麼想法？」

「你想為我工作嗎？」

野豬不敢置信的發出「吼、吼」聲。自從阿德教朋友閱讀，凡凡也會從公園的「雲朵之下圖書館」借書，夏洛克·福爾摩斯的小說同樣令他為之瘋狂。

「我是你的華生嗎？」他興奮的問。

「不是！你是你自己，是凡凡。我們會比書裡的主角更出名，你等著！」阿德保證，「因為我們是真的！」他補充。

「吼！吼！我們要一起辦案嗎？」

「沒錯。你覺得怎麼樣？」

「棒呆了！」野豬開心的跳了起來，「我們要做什麼？」

「首先要尋找失蹤的手提箱！」

「手提箱？」凡凡的熱情減退了點，因為這聽起來不太有前景，「我以為我們要做更酷的事情。」

「相信我，這件案子完全不像看起來那麼單純，你聽著……」

阿德簡單向朋友說明委託人的問題，以及那只可能被埋在花園裡的神祕手提箱。

「真有趣，裡面有什麼東西呢？」野豬疑惑的問。

「沒找到就不會知道。沒有人挖花園的速度像你這麼快！」

　　「這可不用你說！」凡凡高興的說，「什麼時候行動？」

　　「就在今晚，天色暗下來以後。我還得再僱用一個人。」

　　「我們會有三個人？」野豬很開心，「還有誰要加入？」

　　「到時候你就知道了。跟我走吧！」阿德說。

第6章
偵探們在夜色的
掩護下行動

　　兩位朋友走過森林，抵達樹枝與乾葉成堆的地方，那裡住著阿德的另一位朋友。松鼠認為他是偵探的理想人選。

　　「小克？哈囉！你在睡覺嗎？」他喊道。過了一會，傳來沙沙聲與輕輕的鼻息聲，刺蝟從家裡探出頭來。

　　「真高興見到你們。」他見到朋友們後高興的說，接著打了個大大的哈欠。

「我有個提議。」阿德說，「你想成為偵探嗎？」他問，同時不想浪費寶貴的時間，便向他說明這件案子。

「失蹤的神祕手提箱……」小克開心的自

言自語，「終於發生一些事了！」他高興的說，因為他幾個星期前開始寫恐怖小說，缺乏靈感已經好一陣子了。

　　黑暗森林裡最近沒有發生任何黑暗或令人毛骨悚然的事，這裡其實是個平靜的地方，這麼命名只是為了嚇阻不速之客。

　　短暫思考後，小克認為目前沒有更好的事做，因此欣然接受了阿德的提議。

　　他們三個一起去偵探事務所，立刻開始工作。他們用在地下室找到的木板、公園裡收集到的樹枝和兩個小輪子，做了一臺小滑板車給刺蝟，接著把閣樓裡曾經屬於亞佳女士的孫子、一臺類似的車清潔乾淨。這臺滑板車比較堅固且穩定，所以就給凡凡用。

隨後他們吃了午餐與點心，坐在陽臺上開心的聊天，等待夜幕降臨他們就開始行動。

黃昏之後，城裡的街道已經空空蕩蕩，很少人有機會目睹三位偵探騎著滑板車馳騁。

雖然有幾位夜行的行人看到凡凡的樣子大聲尖叫：**啊！啊！啊！** 但友善的野豬一點也不在意他們驚恐的呼聲，因為他已經習慣了。

「噓！我們現在得保持安靜。」當他們抵達孔雀街七號，站在房子旁壞掉的路燈下時，阿德輕聲警告。

他們等了好一陣子，直到附近房子的燈熄滅，橘色房子裡的謝維林・亞斯庫爾斯基也上床睡覺。

要是十五分鐘後正好有人經過附近，就能聽到低語：

　　「是這裡嗎？還是那裡？這裡什麼也沒有！應該是在那吧？」

　　最後興奮的輕喊：「找到了！唉呵！」

　　之後，孔雀街上再次被寧靜籠罩。

　　早上，亞斯庫爾斯基走出家門時，幾乎認不出自己的花園。

　　「這是怎麼回事？」他驚訝的瞪大雙眼。

　　周圍的土地好像在晚上被挖土機挖過。

　　「見鬼了！有人挖了這裡！」他大叫，然後迅速跑進屋裡。

❀　❀　❀

　　同時，在夜晚的冒險之後，公園街六號正在舉行會議。阿德的辦公桌上躺著凡凡挖出來的東西，三位偵探正仔細端詳。

　　「真好奇裡面裝的是什麼東西呢！」小克想著。

　　他聞了聞挖出來的物品，但是氣味沒有讓他想起任何東西。

　　「我會打給客戶，告訴他我們找回他的遺產了。」阿德說，「到時候就能知道裡面是什麼了。」

第7章
謎團陷入膠著

　　一個小時後，安傑伊·帕弗立克出現在阿德的事務所。當他在門邊看到披著金毛的大野豬時，嚇退了幾步。松鼠迅速安撫客戶，告訴他這位是新同事。

　　「吼！」凡凡打招呼，帕弗立克恭敬的向他鞠躬。阿德也介紹了刺蝟小克，並且對客戶宣布：「我們有個好消息。我們找回你失去的東西了。」

　　「噢！我的手提箱！」帕弗立克看到那不太大、有點損壞、上了年紀且鎖上密碼鎖的手

提箱時，叫了出來。「做得好！終於物歸原主了。」男人感嘆。

　　阿德仔細觀察帕弗立克的反應，接著說：

　　「不過你的表弟聲稱，叔叔的遺產不屬於你。」

「他說謊！我叔叔清楚的寫在遺囑上，我也給你看了文件。」

「我是看了，但是亞斯庫爾斯基告訴我，他不知道什麼手提箱，他為什麼這麼說呢？」

「他想要占為己有。」帕弗立克冷靜回應。

「為什麼？他都拿到鉅額遺產了，有了房子跟花園。」阿德思索著。

「對有些人來說永遠不夠！」帕弗立克聳聳肩。

「或許手提箱裡有貴重的東西？」阿德

問，「這拿起來可不輕。你可以打開嗎？」

偵探們非常好奇裡面究竟是什麼東西，他們希望趕快知道，但是客戶讓他們失望了。

「我沒辦法開鎖，因為我沒帶叔叔留給我的密碼紙條。」他不好意思的說，「但是我向你們保證，手提箱裡沒什麼特別的東西，大概就是些傳家的紀念物。我知道叔叔擔心亞斯庫爾斯基會把它們燒了，我表弟可是出名的厚臉皮。對他來說這些紀念物沒有意義，但對我來說是無價之寶。」帕弗立克感嘆，「我真不知道該怎麼感謝你！」過了一會，他對阿德說。

他拿出一疊紙鈔，遞給松鼠事先約定好的數目。

「我一定會向大家推薦你的事務所！」他

在告別時說道，接著提上手提箱離開。

　　阿德、凡凡和小克留在那，盯著辦公桌上那疊鈔票許久，每個人都在想，這筆錢能買多少美食。不過，阿德思考很久後認為，夏天的公園和黑暗森林裡有很多食物，因此這筆錢要用來擴展事務所與打廣告；他的夥伴們也都同意這個提議。

　　雖然遺失的手提箱一案很快就結案，但是接下來幾天阿德都覺得不安穩。

　　遺憾的是，目前也沒有新客戶上門，因此偵探決定去查看橘色房子的動靜。

那天下午，當他抵達時，他很意外在籬笆上看到廣告：

「咦？」阿德很驚訝，「帕弗立克沒有說他的表弟要搬家呀！」他自言自語了一陣之後，仔細查看四周。

被凡凡挖過的花園仍然一片混亂，阿德覺得有點過意不去。

或許他們做得不對？

嗯……

或許不該挖出手提箱？

「說起來這也是偷竊的行為。」阿德有點慚愧。畢竟他用不光明的手段取得地圖，然後還偷偷的和凡凡與小克在屋主家門前挖他的花園，拿出埋在地下的手提箱。

他突然覺得這裡有些不對勁。

他記下廣告上的電話和不動產公司的名字──阿爾卡迪亞。當天就打了電話過去。

「喂？我是巴爾托斯‧諾琴。」話筒裡響起聲音。

「我對孔雀街七號那棟要出售的房子有興趣。」阿德說，「我看到廣告……」

「噢，是的！」仲介打斷他的話，「我知道你說哪一棟，不過目前這個物件已經撤下來了。」

「為什麼呢？」阿德很訝異，「不是才剛刊出廣告嗎？」

「不是的！」諾琴堅決否認，「這棟房子兩週前就刊出了。」

「是嗎？但是我四天前在那條路上，沒看到任何告示，今天才看到。」

「真奇怪！」仲介承認，「或許有人破壞

廣告，把它拿掉了？」

「然後再掛回去？」阿德補充。

「嗯……可能我們的工人後來去裝上新的告示。」諾琴說，接著補上一句：「不過就像我剛剛說的，那棟房子目前沒有在賣。」

「發生了什麼事嗎？」阿德很訝異，「那間房子看起來很不錯。」松鼠假裝自己非常感興趣。

「這棟房的法律狀況變複雜了。」偵探從話筒裡聽到。

「什麼意思？」

「屋主失蹤了。」

「屋主？」阿德感到錯愕。

「是的，」諾琴確認，「這件事非常奇

76

怪。我不能透露細節，我們得等寶琳娜‧克沃斯小姐現身，不然目前我們也束手無策，真的很可惜，有很多人對這間房子感興趣。我們現在已經列了等候清單。」

「真的嗎？」阿德繼續假裝有興趣購買，「房屋的所有權怎麼了？」

「她在叔叔提奧非爾死後繼承房子，後來她決定出售，因為她打算住在鄉下，不過幾天前她失聯了。」

「或許她已經去了鄉下？」阿德猜想。

「我也是這麼想的，但是她一直沒接電話。」諾琴回應，「沒有她，我們就無法完成交易！要是你對這棟房子非常有興趣，可以幾天後再打來看看，不過我告訴你，我們已經有幾個潛

在買家了。」仲介話說到這。

「謝謝！我再想想。」阿德回覆，接著便掛上電話，沉思許久。

這是什麼情況？他一點也不明白。所以房子的主人是個女人？不是亞斯庫爾斯基？然後這個女人失蹤了？那為什麼亞斯庫爾斯基，或是帕弗立克都沒有提到寶琳娜・克沃斯呢？

阿德覺得這些資訊讓他暈頭轉向，他必須請同事幫忙釐清案情。

第8章
調查變得複雜

　　現在是午後時分，但是小克就如其他刺蝟，這個時候睡得正香甜，不過刺耳的電話聲突然響起：

叮鈴！叮鈴！

　　刺蝟用力捲成一團，不想聽見鈴聲，因為他一點也不想起床。不過電話聲太煩人，他不得不把頭探出來，看看是誰這麼早就來打擾他（對刺蝟來說，別人的白天是他的夜晚）。

他打了個大大的哈欠，伸了伸懶腰，以充滿睡意的聲音嘀咕著：「阿德的傑作啊……」

「終於！」椋鳥厄內斯特輕笑，他能巧妙的模仿各種聲音，甚至是在公園聽到的電話鈴聲。松鼠因此雇用他當信使與快遞員。

「阿德找你！」他說。

「哦！」

「是緊急事件！」

「好喔，謝了。」刺蝟小克咕噥著，還沒完全醒過來。

不過，在稍微清醒後，他立刻趕去公園。

他在路上遇到凡凡，厄內斯特也傳了相同的訊息給他。

「你知道阿德找我們幹麼嗎？」野豬問。

「我不知道。」小克以睡意朦朧的聲音回
應。

「或許有新的案件！棒呆了，對吧？」凡

凡開心的跳了起來。

他愈來愈喜歡偵探工作，對此充滿熱情。不過，可憐的野豬聽到阿德的消息以後，可就開心不起來了。

「你是說，我們把手提箱交給了錯的繼承人？」小克詫異的問道，而凡凡則震驚到坐倒在地。

「好像就是這樣。」阿德困擾的嘆了口氣，「我們應該要確認一下，是不是出了什麼差錯。」

偵探抓起電話，撥了阿爾卡迪亞不動產公

司專員——巴爾托斯‧諾琴的號碼。

「你好！是我，松鼠阿德。我之前沒有說，事實上我是偵探，我正在調查一件案子，可能跟你的客戶寶琳娜‧克沃斯有關。」阿德解釋，「我可以順便調查她的失蹤，但我需要一些資訊。是否有人以她的名義找上你？比如說謝維林‧亞斯庫爾斯基或是安傑伊‧帕弗立克？」

「嗯……我對這些名字沒有印象。」仲介說。

「所以這些人都不是孔雀街七號的所有人？」阿德再三確定。

「這我不知道。」巴爾托斯說，「是寶琳娜‧克沃斯繼承了房產。你有她的線索嗎？」

「還沒有。」阿德回答。

「要是你找到她，請幫我告訴她盡快跟我聯絡。」

「當然了，只要有任何失蹤者的相關消息，我會立刻讓你知道。」偵探保證。

「謝謝，那能幫上我大忙。」

阿德結束對話，掛上電話後，錯愕的看著朋友們。

「有什麼新資訊嗎？」小克急切的問。

「亞斯庫爾斯基不是繼承人。」

「那誰是？」凡凡很驚訝。

「那位失蹤的女性，寶琳娜・克沃斯。」

「怎麼會這樣！」小克很吃驚。

「不過，你之前不是說亞斯庫爾斯基住在

橘色的房子裡嗎？」野豬指出。

「是啊！至少在我看來是這樣。」阿德回答，但是他現在已經不敢肯定，「我第一次去找他的時候，感覺他已經在那住上一段時間了。但是現在我無法肯定這是事實。」

松鼠愈來愈懷疑。

「那你現在怎麼看？」小克問道。

「我不太確定，我們究竟把手提箱給了誰。」阿德嘆了口氣。

刺蝟在辦公室裡走來走去，因為走路能讓他頭腦清晰，他說：

「鄰居應該知道房子是誰的，也知道誰目前住在裡面。」

「有道理！」阿德拍拍額頭，「我們最好

立刻去確認。」他做了決定。

　　不到半個鐘頭，偵探們已經出現在孔雀街

上。不過，他們的調查結果並沒有為整個謎團

帶來太大的幫助。

　　他們到處詢問街上的住戶，不過大部分的
人根本不關心七號房屋的繼承人是誰，因此他

們無法得到明確的答案。再加上，最近的鄰居
也不在家，偵探們確定他已經離開了好幾個星
期。

　　阿德、小克和凡凡因此毫無所獲的回到事
務所。

　　這天晚上阿德睡不著，他一直想著手提箱
和失蹤的女子。因此天一亮他就起床，吃完早
餐就去辦公室。當他看到門上貼著字條時，他
非常訝異。

　　會是誰留訊息給他呢？嗯……

　　松鼠拿下對折的紙張，打開時驚訝的發出

了唧唧聲。

上面是從報紙上剪下的字母，拼成的一句話：

你會在孔雀街七號找到謎案關鍵線索，快行動！

阿德又看了一遍字條，想著是誰匿名給他訊息，又是為了什麼。為什麼他這麼著急？

「或許這是個陷阱？」他感到不安，但是又覺得自己必須去看看。不久以後，他溜著滑板車迅速穿過公園。

抵達孔雀街七號後，他跳過圍欄、爬到樹

上，想看看能否從窗戶看見什麼。

不過，屋子裡面一點動靜也沒有，因此阿德認為，就算有人在裡頭，也肯定還在睡覺。

就在他已經想回辦公室的時候，他注意到其中一個房間的窗戶半掩著。他攀著屋頂的排水管，跳上窗臺，到處嗅了好一陣子，並且透過玻璃查看，確認這不是個陷阱。

突然有個可疑的聲音從室內傳來。

有個東西發出嘎啦嘎啦的聲音，片刻後傳來嚇人的哀號聲：

嗚～～～

　　阿德嚇得腿軟，呆站在那。他用爪子摀住嘴巴，但還是顫抖得不能自己。此時，那神祕的幽靈似乎聽到了他的聲音，因為可怕的敲擊聲和呻吟愈來愈強烈。

　　松鼠全身發抖，但是最後他成功止住恐懼，溜進房子裡。

　　他從窗臺躍起，跳上扶手椅，再次聆聽聲響。

　　聲音是從隔壁房間傳來的。

　　阿德跳上天花板上的吊燈，盪來盪去，想從門上的玻璃看到些什麼。「有人嗎？」他喊道，安全起見，他待在吊燈上。

　　他聽見回應，覺得更可怕了。

　　有那麼一瞬間，阿德想要逃出這棟房子回家去，但既然要當一名勇敢的偵探，他別無選擇——他得弄清楚是誰躲在裡面。

　　因此他跳到地上，朝著有玻璃裝飾的門靠近，接著跳起壓下門把。

　　當門打開，他小心的看向室內⋯⋯

　　結果，他立刻嚇得倒退，因為裡面有一個恐怖的怪物！

呃呃呃，嗚嗚～～～

第9章
發現驚人的真相

　　阿德助跑，再次跳上吊燈，從那裡觀察怪物。直到他的心跳漸漸平靜下來，才再次回到地上。那時他才發現，那不是什麼怪物，是一個被綁在椅子上的女人！當他再仔細些觀察，他發現嚇人的聲音是從她被膠帶封住的嘴巴發出的。

　　「啊！這個女人被囚禁了！」松鼠終於明白了整個狀況。

　　他迅速跳上女人的膝蓋，盡可能溫柔的撕掉她嘴上的膠帶。

「呼！拜託幫幫我！」她低聲懇求。

「妳就是寶琳娜・克沃斯吧？」阿德問。

「正是！」女人確認了自己的身分，「我被綁在這好幾個小時了。那個無賴之前把我關在地下室！我已經沒力氣了！拜託救我！」

「我這就來！」阿德用尖牙咬斷捆住克沃斯雙手的繩子，片刻後女人已經恢復自由。

「非常感謝你！」她邊揉著痠痛的手腕邊說，「我不知道該如何報答你，請問你的大名？」她問。

「我是松鼠阿德，特殊案件偵探！」

「你出現在這裡算我幸運，我正好需要找偵探！」

「妳應該更需要找警察吧？」阿德建議。

96

「當然了，我也會聯絡警方，但是你知道他們有多忙吧？既然你已經在這了，那我想請你幫個忙。你應該也很驚訝，我為什麼被綁在自己的浴室裡？」

「確實，這不太尋常。」阿德同意。

「就是那個歹徒，謝維林·亞斯庫爾斯基把我囚禁在這的，他覬覦我的遺產！那個無賴想得到我叔叔藏在這間房子某處的手提箱。我不太確定能否找到，或許還有機會……」

「很遺憾。」阿德打斷女人的話，「手提箱已經交給繼承人了。」

「什麼意思？」克沃斯相當疑惑。

「是我轉交的。」松鼠嘆了口氣。

「但你什麼也沒給我呀！」克沃斯抗議，

「你這話什麼意思？」

「我把手提箱交給了安傑伊·帕弗立克。」

克沃斯瞪大雙眼。

「誰？我不認識這個人！所以你參與了這整起事件？」她疑惑的問。

「可以這麼說。」阿德難過的承認，「但是我可能被誤導了。」他為自己辯解。

「希望如此，你看起來應該是隻誠實的松鼠。」克沃斯說，「請你解釋給我聽。」

阿德簡短敘述了整起事件，從帕弗立克出現在公園月臺上，到解救克沃斯。

「真是個混蛋！」女人說道，「他到底從哪知道遺產的事？」她非常困惑，「我真不

知道帕弗立克是哪位，他把你騙得團團轉！哎……我大概再也找不回我的手提箱了，那麼珍貴的東西……」女人心痛的發出嘆息。

阿德感到非常自責。他的第一件大案子看來真是慘不忍睹。他上當了，而且還是被騙子騙！「真是有失專業！」他在心裡怪自己。

現在他得補救這一切。

「請別擔心，我會努力找回妳的手提箱！」他保證，接著問克沃斯幾個關鍵問題，然後迅速道別，回辦公室去。

　　不久後，他帶著沮喪的神情，向小克和凡凡訴說他在橘色房子裡的發現。

　　「或許我不適合做這行？」他灰心的下了結論。

　　「噢！不！別這麼說！」小克反駁，「阿德，你可以的！每個人都會遇到不如意的事，我們試著補救看看。」

　　「能怎麼辦？這案子沒希望了。安傑伊‧帕弗立克得到手提箱，人間蒸發了。我甚至不知道他住哪裡！再加上囚禁克沃斯的謝維林‧亞斯庫爾斯基也不見了。」

　　「等等……」野豬呼嚕了幾聲，「月臺路橋旁奇怪的小東西不是監視器嗎？人們應該能從上面看到東西，對吧？」

「嗯。」松鼠阿德憂鬱的回應。

「沒錯！」小克高聲說，「畢竟帕弗立克下了火車，在他離開月臺前，監視器肯定會錄到他。」

阿德突然一掃陰霾。因為他認識一位時常巡邏公園的警察。第二天他出現時，松鼠決定跟他說明自己的困境。

「那個人聽起來像個騙子。」警官馬爾欽・雷夏克聽完來龍去脈後說道。

「沒錯。而我無意間幫他偷走了手提箱。」阿德低下頭。

「別自責，你怎麼會知道自己在和一個狡猾、不誠實的人打交道呢？」警官安慰松鼠，「我會盡力幫助你的。」警察承諾。「我會拿

到監視器影像，你來幫我指認那個人。我也會檢查警方紀錄，或許那個帕弗立克是其中一名通緝犯。」

雷夏克警官確實說到做到。幾天後，他請阿德到警局，給他確認公園月臺的監視器影像片段。

「就是這個人！」認出自己的委託人時，阿德叫道。

「那我們立刻著手調查他的蹤跡。」雷夏克宣布。

警察查看了監視器畫面，發現阿德把手提箱交給男人的那天，監視器錄下了他帶著手提箱上火車。所以只要朝著線索追蹤就夠了……

第10章
警官帶來新消息

阿德、小克和凡凡焦急的等待警方的調查結果。直到馬爾欽・雷夏克警官突然現身，敲了他們事務所的門。

「我有個好消息！」他宣布，臉上掛著大大的笑容，「我們找到了安傑伊・帕弗立克，不久後會逮捕他。我之前說對了，他是詐欺通緝犯！」

「你們找回手提箱了嗎？」阿德抱著希望問道。

「還沒，等帕弗立克落網，或許可以順利

找回來。」

「希望能盡快找到！」手提箱的事情仍讓松鼠感到不安，這也在他的偵探生涯留下了陰影。

他沒辦法接受自己把手提箱交給了錯的人，現在看來那個人還是個詐欺犯。更糟的是，他渾然不覺自己在和罪犯打交道。

第二天早上，阿德起得很早，因為他幾乎整夜都沒有闔上眼睛。他吃了美味的蘑菇當早餐，還舔了點楓樹上甜滋滋的糖漿。他坐在那棵樹的樹枝上時，注意到公園小路上的奇怪身影。這個人引起了偵探阿德的注意，因為今天一點也不潮溼，他卻穿著連帽雨衣，帽子壓得很低，而手裡提著……

阿德絕不會認錯！沒錯。那只**手提箱**！

那個男人的身影也很眼熟。就是帕弗立克！他顯然急著前往公車站。阿德的眼角同時瞄到公車正駛向公車站。松鼠因此猛然跳到旁邊的樹上，神不知鬼不覺的跟著嫌疑犯。他靈活的跳過一根根樹枝，最後沿著松樹幹跑下來，在草地上飛奔而過最後一段路。

他在公車進站時趕上帕弗立克。車門打開，男人準備上車，但阿德擋住他的去路。他確定這個人就是他的前委託人，接著大喊：

「站住！」

帕弗立克假裝沒看見阿德，想要繞過他坐上車，但是松鼠跳到他的膝蓋上，用尖銳的爪子掐住小偷的褲管。

「唉唷！」男人痛的哇哇大叫。

阿德再度跳回地上。

「你哪裡都別想去！把手提箱還給我！」他要求。

「想得美！」帕弗立克輕蔑的哼了一聲，「這是我的手提箱。給我讓開，你這隻松鼠！」

「請幫忙報警！」阿德對一位看著這不尋常景象的女人說，「這個人是個騙子！」

「滾開！蠢松鼠！」帕弗立克不滿的咆哮，阿德不讓他坐上就要離去的公車。

公車站牌聚集了一些民眾，大家都打趣的觀察事態的發展。

帕弗立克把手提箱揮向偵探，但他靈巧的

閃開。

「這位先生，你對可愛的松鼠做這種事、說這種話，怎麼好意思？」有人站在阿德這邊替他說話，「你顯然是個壞人！」

男人嘴裡咒罵著，再次試圖上公車，但是松鼠緊抓手提箱，拚了命想奪回來。因為帕弗立克之前破壞了手提箱的鎖，箱子就這樣打開了……

「喔喔喔！」人們的驚呼聲四起。

一大堆鈔票和珠寶散落在人行道上。

帕弗立克愣了一下，但他立刻回過神，開始收拾鈔票和珠寶。

「那是我的！」有人試圖撿起紅寶石戒指時，他咆哮道。

與此同時，一輛警車閃著燈抵達，帕弗立克拔腿就跑，但是野豬凡凡意外出現，擋住他的去路。他的表情像凶神惡煞，讓男人嚇得僵在原地。

過了一會，他向後退，再次試圖自救，他想要逃跑，但小克已經豎起尖刺，在另一頭等著他。

兩位偵探及時趕到，幫助阿德。

這時雷夏克警官跳下警車，警告大喊：

「警察！站住！」

然後將帕弗立克上銬。

「你因竊盜、詐欺等罪被逮捕⋯⋯」警官列舉罪名，但那男人並沒有聽警察說話，而是像個瘋子般大吼大叫：

「不是我，是那隻松鼠！是他偷的手提箱！」

「是是是……都是松鼠的錯！」雷夏克警官嘲諷的笑了笑。

阿德做了個無辜的表情，這時，人群開始對帕弗立克大聲嘲笑。

「**哈哈哈！** 真好笑，什麼都怪這可愛的小動物！」人群開始議論。

然而，松鼠偵探的感覺並不好，因為他知道帕弗立克所言有部分是事實。畢竟是他和小克與凡凡挖出花園裡的手提箱，雖然當初是懷著好意，但是他不知道手提箱裡裝的是這些寶物。

「別擔心！」小克用鼻子輕輕碰了松鼠，

猜測著朋友的心思，「至少我們拿回來了，彌補了我們的過失。」他安慰道。

阿德嘆了口氣，低下頭。

這時，另外兩位警察正在確認手提箱以及裡面的東西，而人們傳著消息，說這隻帥氣的松鼠是一位偵探，而野豬和刺蝟是他的助手；還有他們的事務所就位在**公園街六號**。

第11章
有人在說謊

　　當天，阿德騎滑板車到孔雀街七號的橘色房子，想要告訴屋主安傑伊‧帕弗立克被抓到了，以及尋回手提箱的消息。

　　克沃斯見到偵探非常開心。

　　「從你的表情看來，應該是有好消息囉？」她請他到客廳後猜測。

　　「沒錯！有個好消息。」阿德一臉神祕的回答。

　　「我們今天成功找回妳的手提箱了！」他滿意的說，克沃斯高興的拍起手來。

　　「真的嗎？」她興奮的問，「那手提箱在哪？」她環顧四周，好像手提箱會藏在松鼠身後一樣。「你沒有一起帶來嗎？」她有些驚訝的問。

　　「很可惜我不能把它交給妳。」阿德回答。

　　「為什麼呢？」克沃斯擔憂的問。

　　「因為在警方那。」

　　「警察？！」女人激憤的喊道，「我是委託你找手提箱，不是警察！」

　　「是這樣沒錯。」阿德仔細觀察克沃斯，「妳知道裡面裝了什麼嗎？」

　　「肯定是提奧非爾叔叔想交給我的傳家紀念物。為什麼這麼問？你打開了嗎？」克沃斯

懷疑的問。

「不，我沒有打開。」阿德答道，而女人鬆了一口氣，不過這可沒有逃過松鼠的眼睛。

「警方什麼時候會還給我？」

「恐怕不會太快。」偵探回答。

「怎麼會這樣？」克沃斯氣憤的皺起眉頭。

「因為裡面的東西……」阿德說。

女人咬著嘴脣。

「你不是說你沒打開？難道……」

「我沒打開，但是手提箱在意外中自己打開了，確切來說，這是和帕弗立克交手的結果。」阿德澄清。

「你找到安傑伊了？」克沃斯的口氣好像

這是她的熟人。

　　偵探發現這個女人對帕弗立克的了解，似乎比先前承認的還要更多，而且手提箱打開這件事令她非常緊張。

　　「我是同時找到他和手提箱的。」阿德回答克沃斯的問題。

　　「所以警察知道……他們知道裡面是什麼嗎？」她以顫抖的聲音問。

　　「警察，還有當時在車站的人，全都看到那些錢跟珠寶散落在人行道上。」

　　「搞什麼東西！」女人的反應很劇烈。

　　不過，在稍微冷靜下來後，她以另外一種口吻問：「等等，不是……怎麼會有錢和珠寶？裡面應該是傳家紀念物！」她試圖說服，

但松鼠聽出了聲音中的虛假。

「妳確定嗎？」他問。

「你肯定找錯了手提箱！」她冷冷的回應，「或是那個叫什麼帕弗立克的人，肯定偷走了東西。什麼珠寶我可一點都不知道！」她趕緊說，「我不能再跟你談下去了。」克沃斯以眼神指向門，示意阿德。「我得立刻出門一趟。既然你沒有找回我的東西，那我要撤回請託。」她怒氣沖沖的補充。

「那就這樣吧。」阿德回應，接著便離開孔雀街七號。

沒有一件事順心，偵探不開心的回到自己的事務所。他坐上扶手椅，陷入沉思。

　　首先，他的客戶是個騙子，而阿德把滿是寶物的手提箱交給了他。再來，就在他認為自己補救了過失後，被他從困境中救出的女委託人表現得有點無禮，還撤回請託。她為什麼要這樣對他呢？嗯⋯⋯

　　松鼠沉浸在自己的思緒裡，沒有聽見門廊的腳步聲，甚至沒有注意到有人進到事務所。直到熟悉又溫暖的聲音傳到他耳邊，他才抖了一下。

　　「那是什麼表情？」

　　偵探抬起頭，碰上亞佳女士關愛的眼神，她剛拜訪完女兒回來。

　　「發生了什麼事嗎？」她問，「看起來我不在的時候，你做得不錯。」她讚許的環顧辦公室。

　　「嗯，一切都不錯。」阿德回答，「我還僱用了助手，但是……當我拿到比較重大的案件時就遇到了困難。」他有點慚愧的承認。

　　「噢，肯定沒那麼糟。」亞佳女士回應，「全都告訴我吧，我們肯定可以想出解決的辦法。不過你得先讓我放下行李，再讓我泡杯熱茶。」

　　亞佳女士先休息了一下，然後用熱水壺燒水，準備好一杯冒著煙的茶，

接著坐上舒服的扶手椅。

　　阿德把一切一五一十的告訴她，而愈接近故事的結尾，亞佳女士臉上的表情愈疑惑，眉毛也翹得愈高。

　　自從她認識阿德起，她就非常支持他的偵探生涯，在聽了整個故事後，她對他碰上這麼複雜的案件感到擔憂。

　　「我覺得有些事很奇怪。」她說，「而且我不喜歡那個叫克沃斯的。」

　　「確實，她變得非常不友善，尤其是在我為她做了這麼多之後。」阿德答道，「為什麼我說手提箱裡有錢和珠寶時，她會這麼生氣呢？」

　　「她之前說裡面是傳家紀念物？」亞佳女

士再三確認。

「沒錯。」阿德同意的點點頭。

「她真的是合法的繼承人嗎？」老婦人大聲質疑。

「她是這麼說的。她委託出售房子的不動產公司也證實了。」

「這裡還是有不對勁的地方。」亞佳女士不贊同的搖搖頭，「要查明克沃斯是不是孔雀街那棟房子真正的持有人並不難。」

「要怎麼做呢？我和小克還有凡凡問遍了鄰居，但是沒得到有用的資訊。」松鼠嘆了口氣。

「有一種東西叫做『土地登記冊』。」亞佳女士回答，「要是屋主換了人，這個文件上

應該會出現他的名字。你的委託人說，法院對過世親人的財產分配已經有了判定，那麼根據法律規定，法定繼承人必須立刻更新土地登記冊。」

亞佳女士向阿德解釋，「當然也有可能不守規定，不做登記。」她補充，「但是既然房子被掛牌出售，那就肯定會有現任屋主的名字。」她宣布，「不動產仲介肯定會確認這一點。」

「但是根據仲介公司的說法，克沃斯就是屋主。」阿德提醒。

「所以要麼土地登記冊上是這麼寫的，要麼⋯⋯」亞佳女士停了一會兒，「⋯⋯要麼仲介根本沒有查登記冊，不然就是⋯⋯」她接著說，然後又停了更久，而阿德幫她補上句子：

「有人在說謊！」

「沒錯！」

「我們有可能自己查出誰說的是實話嗎？」松鼠問。

「當然可以，這不難，只要看一下土地登記冊。」亞佳女士帶著笑容宣布。

「但是要去哪裡找那個登記冊？」阿德關切道。

「用我的平板電腦就可以了！」亞佳女士綻放大大的笑容，接著碎步走到行李箱前，拿出一臺新裝置，那是女兒送給她的禮物。

她帶著平板再次坐回扶手椅，打開土地登記冊的搜尋欄，輸入孔雀街房子的地址，找到登記編號。

　　「這還真便利。」她眨了眨眼，「每個人都可以在網路上查土地登記冊，甚至不需要踏出家門。」

　　阿德試著記住朋友告訴他的所有資訊，這樣以後就不會這麼容易被耍了。

此時，亞佳女士發現了不尋常之處。

「這就是繼承人！」她指出孔雀街七號目前屋主的姓名。

「**哦！**」阿德很驚訝，「這是……這是什麼意思？」松鼠怔怔的看著平板上面顯示的姓名。

「真的有人在說謊！」亞佳女士提示。

阿德陷入深思，琢磨了一會兒之後，恍然大悟。接著他在亞佳女士的幫助下，想出一個計畫。

一切都準備好之後，松鼠抓起電話，打給警察朋友。之後，一切都發生得很快……

第12章
女委託人含糊的陳述

同一天，偵探松鼠阿德再次拜訪寶琳娜·克沃斯。

當她看到他出現在家門前的階梯上時，露出了不滿的表情。

「你來幹麼？」她以無禮的口吻問。

松鼠感覺克沃斯急著去某處，而他正好礙著她了。

「我查過土地登記冊。」他說出口，同時仔細觀察著女人。

克沃斯的表情有點扭曲。

「所以呢？」她咕噥道。

「妳騙了我！」阿德脫口而出。

「胡說什麼！」女人極力否認。

「妳沒有繼承這間房子！」偵探回應。

「那又怎麼樣？」克沃斯咆哮，明顯是惱羞成怒。

不過，她很快控制住自己，接著說：「土地登記冊還沒進行屋主變更，通常需要一點時間……松鼠也知道土地登記冊啊？！」她不屑的哼了一聲。

「正好還懂得不少。」阿德笑著回答，心裡感謝著亞佳女士引他往正確的方向去。

「呸！」克沃斯聳了聳肩。

「妳和裝滿珠寶的手提箱有什麼關係？」

松鼠沒頭沒尾的問道。

「一點關係也沒有！恕我無禮，我沒有時間跟你瞎談！」克沃斯說，接著砰的一聲關上大門。

阿德嘆了口氣，神祕的笑了笑，接著便和躲在角落的小克與凡凡會合。

朋友們還沒來得及聽對話的內容，便注意到女人匆匆離開家門。

「她要逃跑嗎？」凡凡感到驚訝。

「我猜是這樣沒錯。」阿德極為平靜的回答。

「我們現在怎麼辦？就這樣？讓她溜走？」小克不安的問。

「不是的，這我們已經想好了。」松鼠懸

疑的宣布，帶著惡作劇的表情，等待即將發生的事。

這時，克沃斯的行徑和松鼠預想的一樣。她快步走向十字路口，但是一臺警車擋在她逃跑的路上；於是她猛然轉向另一頭，想走進食品折扣商店，就在那時，兩名警察從裡面走了出來，女人被逮個正著。

在被送往警局之前，她從警車的車窗後頭，惡狠狠的看了阿德與他的同伴一眼。

第二天，偵探們在公園街六號整理檔案時，馬爾欽・雷夏克警官走進事務所。

「你的直覺真準，阿德！」他在臺階上喊道，「恭喜你呀！你幫忙逮捕了一幫被通緝的小偷！」他沒有掩飾他的欽佩。

亞佳女士坐在扶手椅上，正織著要送給孫女的溫暖襪子，她把目光從作品上移開，興致勃勃的看著警察。

「一幫小偷？」她吃驚的問。

小克和凡凡把手上的資料夾放在一邊，仔細聽警官回答亞佳女士的問題。

「是的，一幫小偷。」他重複，「寶

琳娜‧克沃斯是珠寶偷竊集團的成員。」

「哇！不會吧！」小克瞪大眼睛。

「所以那些值錢的東西才會在手提箱裡？」凡凡再三確定，雷夏克警官點頭同意。

「就算我已經查過土地登記冊，上面的名字不是她，克沃斯還是堅持自己是繼承人，說橘色房子是她的。」阿德插話。

「就是這點把我的懷疑引往正確的方向。」警官回應，而亞佳女士滿意的微笑。

「不過有些事情我還是不懂。為什麼亞斯庫爾斯基要囚禁克沃斯？」凡凡覺得奇怪。

「又是誰匿名提供線索，讓我前往孔雀街的房子？難道有人知道我會在那找到被囚禁的克沃斯？」

「讓我來解釋這些謎團吧！」雷夏克警官說道，「我們審問嫌犯時，從證詞中發現整起事件的來龍去脈，可有趣了。」

第13章
謎案的細節
開始拼湊起來

　　「所以呢，不只克沃斯是竊盜集團的成員。」雷夏克警官繼續說，「亞斯庫爾斯基和帕弗立克也是。」他提到偵探們都已知道的人，接著加上：「他們的老闆是柯薩維里・巴爾許齊克。」

　　「土地登記冊上登記的就是這個名字！」阿德驚呼。

　　「我們等等再講這個部分。」警官承諾，

「首先我要解釋這個人的來歷，因為這也是個有趣的故事。」

「拜託不要賣關子太久！」亞佳女士等不及，因此警官開始快速說明：

「這個集團在波蘭南部的一間珠寶店犯下重大搶案，但事情不如預期。因為警察在追捕，他們來不及分贓，巴爾許齊克在逃跑途中，把搶來的錢財和珠寶放進不起眼的老舊手提箱，他保證會藏在安全的地方。後來集團成員抵達會合地點時，發現他們的老闆早就帶著贓物逃走了。他們追查了很久，都沒有發現他的下落。」

「他怎麼了？」亞佳女士追問。

「他來到我們鎮上，買了孔雀街上墓園

旁的房子，所以他的名字才會出現在土地登記冊上。」雷夏克警官說，「他在那裡住了一陣子，沒有人打擾，並把貴重的手提箱埋在花園裡。」

「他為什麼要這麼做？」小克很驚訝，警官接著解釋：

「為了不引起警方和前同夥的懷疑，他不能賣掉贓物，也不能大量花錢。他覺得前同夥仍在找他。」

「但最後他們還是找到了他，對吧？」阿德說。

「沒錯。」雷夏克警官認同，「最後他們找對了地方，但是巴爾許齊克又跑了。不過他們判斷他沒有帶走手提箱，是匆匆離開的。因

此他們得出結論——贓物可能就藏在房產的某處。」

雷夏克警官沉默了一會，繼續說下去。

「嫌犯在尋找寶物的時候鬧不合，最後他們每個人都各自找起手提箱。」

「帕弗立克就是這樣才找上我的事務所嗎？」阿德問。

「沒錯。因為亞斯庫爾斯基接手了孔雀街的房子，他威脅帕弗立克，要是阻礙他找手提箱，就要把他交給警方。因此帕弗立克決定智取，編出了叔叔、遺產和壞表弟的精采故事。然後他就有了僱用你——阿德的想法。」雷夏克警官解釋。

「他想陷害你！」凡凡揚起眉毛。

「要是事情的走向不如他所想，這正是計畫的一部分。」雷夏克警官證實，「亞斯庫爾斯基加入這場遊戲是因為對他有利，他假裝是表弟，避免警察找上他。當時他已經快找到手提箱了。不過你們搶在他之前，在他眼皮下挖走了手提箱。」

　　警察對偵探們笑了笑，繼續說，「所以呢，帕弗立克占了上風，因為你們把贓物交給他，他便帶著東西消失了。但是亞斯庫爾斯基和寶琳娜‧克沃斯可不打算放過他。他們開始聯手並送消息給你，把你引到孔雀街的房子那，演了一場囚禁克沃斯的戲碼，讓你感到良心不安。」警官轉向阿德。

　　「他們得逞了，因為我發現手提箱交給錯

　的人時，真的慚愧得不得了。」松鼠嘆氣。

　　「不過，你深入調查這起案件，給了我一些寶貴的資訊，」警察稱讚他，「我和其他警察才開始追查帕弗立克，因為整起案件裡他最可疑。」

　　「這是克沃斯和亞斯庫爾斯基計畫的！」阿德突然領悟，「他們設局想逮住他。」

　　「就是這樣！」警官同意，「當帕弗立克發現自己錯得無路可退時，他離開了藏身處，想把贓物轉移到別處，但是那時你注意到他了。接下來的事你們都知道了。寶琳娜・克沃斯指望你能找到手提箱還給她，但是她沒想到你會知道裡面裝的是什麼東西。」

　　「我告訴她的時候，觀察了她的表情，當

下就開始懷疑她也在騙我。」

阿德說道，「幸好我先打了電話給你，而你也認真的看待我的疑慮。」

「幸虧有你，我們才能準備好行動。」警官露出大大的微笑，「我們監視了克沃斯的房子，及時逮住她。」

「那亞斯庫爾斯基和巴爾許齊克呢？」亞佳女士感到好奇。

「他們都被捕了。我們在三連城逮捕集團老大，他正在計畫下一場偷竊行動，這次的目標是一間琥珀工作室。我得向你們道賀呢！因為你們，這些人再也不能搶劫了。」雷夏克警官說。

第14章
阿德慶祝第一次
圓滿結案

　　雷夏克警官說完來龍去脈後，阿德的心臟因喜悅而大力的碰碰跳，因為就算開始時遇到困難，他還是追查到底，並且解開了神祕手提箱的謎團。

　　朋友們已經想慶祝了，但是松鼠想起了某個人。

　　「等等，等等啦……那阿爾卡迪亞不動產公司的仲介呢？」他問，「他跟我證實孔雀街

房子的主人是寶琳娜・克沃斯。他應該查過土地登記冊，上面寫的是巴爾許齊克。」

「你說得沒錯。」雷夏克警官點點頭，「我忘了說，我們也查了這條線索。克沃斯賄賂了巴爾托斯・諾琴，要他說謊。這一切都是為了吻合她的屋主角色，好讓你幫忙她找回手提箱。」

「真是個狡猾的女人……」亞佳女士不滿的嘀咕。

「不過，她想得真是周全。」警官雷夏克回應。

「幸好我們阿德沒那麼容易上當。」凡凡為朋友感到驕傲，吼了幾聲。

偵探們對調查結果討論了好一下子，雷夏

克警官則耐心的回答他們的問題。

　　他離開後，亞佳女士繼續織襪子，小克和凡凡把案件紀錄寫好。接著阿德把紀錄放進資料夾，放上寫著**結案**的架子。

　　那天，小克和凡凡把寶物手提箱的冒險故事告訴森林裡的其他動物。這一切過後，小克蜷縮在他的家裡寫小說，而凡凡則為試鏡做準備。

❀ ❀ ❀

幾天後，當完成調查的興奮漸漸散去，阿德的媽媽興奮的來到他的事務所。

「兒子呀！你出名啦！」她開心的喊著，「我在報紙上看到你了！還是頭版呢！我為你感到驕傲！」

「報紙？」阿德覺得奇怪。

「一位老先生在公園的椅子上讀報紙，我正好在附近找堅果，看到了你的照片。」

「哦！」阿德不好意思的抓抓頭。他想起之前受過當地記者簡短的採訪，但是沒想到這麼快就刊登出來。

「小克和凡凡也在報紙上面！」松鼠女士

補充了這點。

「這樣的話,我應該幫他們一人買一份。」阿德說完後便跟媽媽告別,答應媽媽晚一點會回家,接著他騎上滑板車去了最近的書報攤。

他買了三份「每日郵報」,給小克、凡凡和自己一人一份。

晚上,公園裡已經沒有人的時候,許多動物聚在阿德的事務所前,為他和夥伴們慶祝第一次大成功。松鼠把報紙上的照片剪下來,用樹枝裱框,掛在事務所的牆上。

「我們是出色的三人組!」凡凡對照片評論,滿足的吼吼叫。

「不知道會不會很快就有新的案子?」小

148

149

克開心的說。

「我覺得遲早會有下一件案子的！」阿德滿懷希望的回答。

他說得一點也沒錯，因為偵探們很快就接到了一件新的精采任務。

不過，接下來發生的事情，請靜待下回揭曉……

國家圖書館出版品預行編目(CIP)資料

松鼠偵探1 手提箱爭奪戰/阿格涅希卡.斯德爾瑪什克著 ; 鄭凱庭譯.
-- 初版. -- 臺北市 : 幼獅文化事業股份有限公司, 2024.03
　　面 ;　公分. -- (故事館 ; 095)
　　譯自 : Alfred Wiewiór i tajemnicza walizka

　　ISBN 978-986-449-315-9(平裝)

882.1596　　　　　　　　　　　　　　　　　112022068

故事館095

松鼠偵探1 手提箱爭奪戰

作　　者＝阿格涅希卡·斯德爾瑪什克
繪　　者＝胡伯特·格拉伊查克
譯　　者＝鄭凱庭
出 版 者＝幼獅文化事業股份有限公司
發 行 人＝葛永光
總 經 理＝洪明輝
總 編 輯＝楊惠晴
主　　編＝沈怡汝
編　　輯＝陳宥融
美術編輯＝李祥銘
總 公 司＝10045臺北市重慶南路1段66-1號3樓
電　　話＝(02)2311-2832
傳　　真＝(02)2311-5368
郵政劃撥＝00033368

印　　刷＝龍祥印刷股份有限公司　　　幼獅樂讀網
定　　價＝320元　　　　　　　　　　http://www.youth.com.tw
港　　幣＝106元　　　　　　　　　　幼獅購物網
初　　版＝2024.03　　　　　　　　　http://shopping.youth.com.tw
書　　號＝987265　　　　　　　　　 e-mail:customer@youth.com.tw

行政院新聞局核准登記證局版臺業字第0143號
有著作權·侵害必究(若有缺頁或破損，請寄回更換)
欲利用本書內容者，請洽幼獅公司圖書組(02)2314-6001#234